futebol

arte dos pés à cabeça

futebol

arte dos pés
à cabeça

RENATA SANT'ANNA

PANDA
BOOKS

Diretor editorial
Marcelo Duarte

Diretora comercial
Patty Pachas

Diretora de projetos especiais
Tatiana Fulas

Coordenadora editorial
Vanessa Sayuri Sawada

Assistentes editoriais
Lucas Santiago Vilela
Mayara dos Santos Freitas

Assistentes de arte
Carolina Ferreira
Hellen Cristine Dias
Mario Kanegae

Projeto gráfico, diagramação e capa
Carolina Ferreira

Pesquisa iconográfica
Denise Kremer

Foto da página 16
Davide Guglielmo/SXC Photo

Impressão
RR Donnelley

CIP – BRASIL. CATALOGAÇÃO NA FONTE
SINDICATO NACIONAL DOS EDITORES DE LIVROS, RJ

Sant'Anna, Renata
Futebol: arte dos pés à cabeça / Renata Sant'Anna. – 1. ed. –
São Paulo: Panda Books, 2014. 60 pp.

ISBN 978-85-7888-351-5

1. Futebol - Literatura infantojuvenil. 2. Literatura infantojuvenil
brasileira. I. Título.

14-10168
CDD: 028.5
CDU: 087.5

2014

Um selo da Editora Original Ltda.
Rua Henrique Schaumann, 286, cj. 41
05413-010 – São Paulo – SP
Tel./Fax: (11) 3088-8444
edoriginal@pandabooks.com.br
www.pandabooks.com.br
twitter.com/pandabooks
Visite também nossa página no Facebook.

Para os craques da família: Tomaz e Fernanda, Giulia e Luisa, Gabriel, Pedro e Beatriz, Caio e Juliana, Rodrigo e Carolina e Manuela.

Ingresso ou controle remoto na mão que o espetáculo vai começar!

Na arquibancada, no banco da praça ou no sofá, escolha o seu lugar porque a bola vai rolar. Televisão, estádio, rádio, internet, celular, ao vivo, em qualquer meio você pode acompanhar um jogo de futebol em tempo real. Mas aqui, a partida é diferente. É entre jogadores e artistas, e você não precisará escolher um time para torcer.

Corinthians ou São Paulo, Santos ou Palmeiras, Flamengo ou Fluminense, Vasco ou Botafogo, Grêmio ou Internacional, Atlético ou Cruzeiro, Bahia ou Vitória, entre tantos outros.

No campo do livro, nesse jogo de olhares que acontece em páginas de diferentes tempos e intervalos, não importa o time. Os artistas transportam o futebol, esporte predileto dos brasileiros, para o universo da arte, e você é o torcedor dessa partida sem limites.

Desde pequenos, meninos e meninas fazem seus gols. Em qualquer lugar, é só aparecer uma bola e já começa uma pelada. Alguns de nossos ídolos começaram a jogar quando crianças e ficaram mundialmente famosos.

Nos gramados, os craques da bola são verdadeiros artistas.

Desenham seus passes, exibindo o talento com os pés e a cabeça. O talento das mãos é dos goleiros e também dos artistas que dão um olé no campo das artes com ideias que saem de suas cabeças para transformar o universo do futebol em pinturas, instalações, colagens, desenhos, vídeos, fotografias, gravuras e outras ações. Eles são os craques da arte e são muito mais do que 11.

Do mesmo modo que é difícil para o técnico escalar os jogadores para uma partida, é também para o curador escolher o time de artistas que mostram o futebol. Alguns são torcedores fanáticos, outros até jogadores foram!

Parece que esse jogo entre o futebol e a arte, entre o espectador e o torcedor, vai precisar de prorrogação.

Prepare-se, pois os jogadores já estão entrando em campo!

PRIMEIRO TEMPO
0 X 0

O apito soou. O jogo começou.

A bola está com Francisco Rebolo, que foi jogador e artista. Quando criança, ele jogava na rua, no meio da garotada, com bola de meia, costurada. Da bola de meia de sua infância, o pequeno jogador foi contratado, aos 15 anos, para jogar na Associação Atlética São Bento, clube da cidade de São Paulo. Sua fama de bom jogador se espalhou e, cinco anos mais tarde, ele foi convidado para jogar no time de seu coração, o Corinthians.

O jogador, que na época também trabalhava como decorador de paredes, pintando enfeites, frisos, florões, arabescos em casas e igrejas, recebeu o convite para compor a equipe do Timão enquanto fazia uma pintura decorativa no salão do time.

Durante algum tempo, Rebolo conseguiu conciliar a atividade esportiva com a artística, mas aos 32 anos ele decidiu abandonar o futebol para se dedicar à pintura. No entanto, a passagem do artista-jogador pelo time ficou para sempre dentro do coração corintiano, pois foi ele quem criou, no início da década de 1930, o símbolo do time que é até hoje estampado nas camisetas e bandeiras dos fiéis torcedores.

Rebolo passa a bola para Candido Portinari.

Nascido na cidade de Brodowski, em São Paulo, desde pequeno ele gostava de desenhar e de pintar. Assim como as crianças do interior, ele também nadava nos rios, empinava pipa, jogava pião e batia uma bolinha com seus irmãos e outros garotos na praça em frente ao cemitério.

Quando menino, era um jogador bastante animado, mas quebrou a perna em uma das partidas. Esse acidente deixou sua perna torta, porém não o impediu de continuar disputando suas peladas.

No entanto, seu talento com os pincéis e tintas foi maior do que com a bola no pé e, aos 15 anos, mudou-se para o Rio de Janeiro para estudar na Escola Nacional de Belas Artes.

Quando Candinho, como era chamado por todos, tornou-se o grande pintor Candido Portinari, retratou várias cenas da realidade brasileira: os trabalhadores rurais, os retirantes e outros temas sociais, em obras de pequenas ou grandes dimensões.

Entre os muitos trabalhos realizados pelo artista, estão imagens de sua infância, mostrando seus brinquedos, e os jogos de futebol sobre o campo de terra vermelha de sua cidade natal.

Portinari dribla e cruza a bola para Nelson Leirner.

Este artista é corintiano fanático. Desde os dez anos, Leirner escolheu ser torcedor do Corinthians e mostrou sua paixão em várias manifestações artísticas ao longo de sua carreira.

Em 1967, em meio ao período da ditadura militar, ele realizou uma intervenção urbana: junto com seu amigo Flávio Motta, pendurou bandeiras em varais com o tema do Corinthians e de Nossa Senhora de Fátima no cruzamento da avenida Brasil com a avenida Europa, em São Paulo. Eles agitaram as bandeiras até a chegada dos fiscais da prefeitura, que fizeram a apreensão.

Cartão vermelho para a arte?

Alguns anos mais tarde, em 1975, o artista inaugurou uma exposição baseada no lema "Esporte é cultura". Nessa mostra, além de desenhos e serigrafias, ele montou uma obra ambiental colocando lado a lado os uniformes gigantes de jogadores e juízes, 22 camisetas de feltro transformadas em estandartes, três bandeiras penduradas no teto e um tapete verde de feltro.

No mesmo ano, Leirner foi convidado por Carlito Maia, um dos mais importantes nomes da publicidade brasileira nos anos 1960, para fazer uma homenagem ao clube, que iria jogar contra o Flamengo. O resultado foi uma enorme bandeira de 12 metros quadrados levantada por 140 balões a gás no meio do estádio do Morumbi, em São Paulo. A bandeira sumiu no ar, e o Corinthians perdeu para o Flamengo por 2 X 1. Aparentemente, a obra estava terminada, mas dias mais tarde ela caiu no município de Campos, no Rio de Janeiro, e foi levada para um bar da cidade, onde virou atração turística.

MALHAS PENALTY
PHILIPS

“Para mim, a arte pode reunir sempre uma combinação imprevista de resultados e reações.”

– Nelson Leirner

Para Leirner, o futebol não é apenas um assunto das artes, mas um campo onde a arte também pode acontecer.

O conjunto de seu trabalho apresenta diversas propostas nas quais ele muda as regras do jogo entre a arte e o espectador, entre o objeto comum e o objeto de arte.

Essas ações levam nossos pensamentos para além dos campos da arte e do futebol. E no futebol e na arte tem campo para todos e em todos os lugares.

Para ser campo de futebol, qualquer terreno plano, gramado ou não, de areia ou de terra batida. Se tem uma bola, se tem uma trave, a bola rola. Bola de meia, bola de capotão, e se não tem bola, tem lata, tem pedra... tem um jogador para chutar.

Na grande área da arte, qualquer espaço vazio ou cheio, no branco da tela, na parede de dentro ou de fora, o artista pode instalar as suas ideias. Os artistas contemporâneos romperam os limites da área branca da tela e do papel, ampliando seu campo de ação.

Atualmente, muitas das proposições dos artistas pedem a nossa ação. Como num jogo em que o torcedor canta, grita, pula, desenha movimentos com os braços nos famosos "olas", o espectador, em um espaço de arte, também é convidado a participar. A obra é uma soma da ideia do artista com a participação e a experiência do espectador.

Raul Mourão pede a bola.

Ele joga em sua *Grande área,* a maior obra realizada pelo artista dedicada ao tema.

Em 2001, Raul construiu um campo de futebol em escala natural, transformando as linhas divisórias, normalmente pintadas sobre o gramado, em obstáculos de tubos de metal, o mesmo material das traves do gol. As linhas brancas limitavam a passagem da bola, mas não impossibilitaram o público de participar.

Na obra de Mourão não basta ficar na arquibancada, tem que experimentar a arte. O papel do observador é o mesmo do jogador. Ambos precisam participar.

Alguns anos mais tarde, Raul apresentou uma miniatura dessa instalação em uma exposição dedicada ao futebol, declarando que essa era uma versão menor, em escala doméstica da peça.

"Uma versão portátil para observarmos no lar. Contra a parede branca. Esse é o meu chute."

– Raul Morão

Raul chuta a bola para Felipe Barbosa.

Felipe desmancha as bolas, rompendo as suas costuras e unindo--as novamente, em uma espécie de tapeçaria, onde as cores e as formas dos gomos compõem o colorido de seu trabalho. Ele tira as bolas de seu lugar comum – o pé dos jogadores – e as coloca em uma quase pintura, construída não por pinceladas de tinta, mas por bolas abertas que se transformam em módulos de cor unidos pela ideia do artista de somar objetos do cotidiano.

A expressão "esse gol é uma pintura", muito usada pelos comentaristas de futebol, poderia ser adaptada para a obra do Felipe: essas bolas são uma pintura!

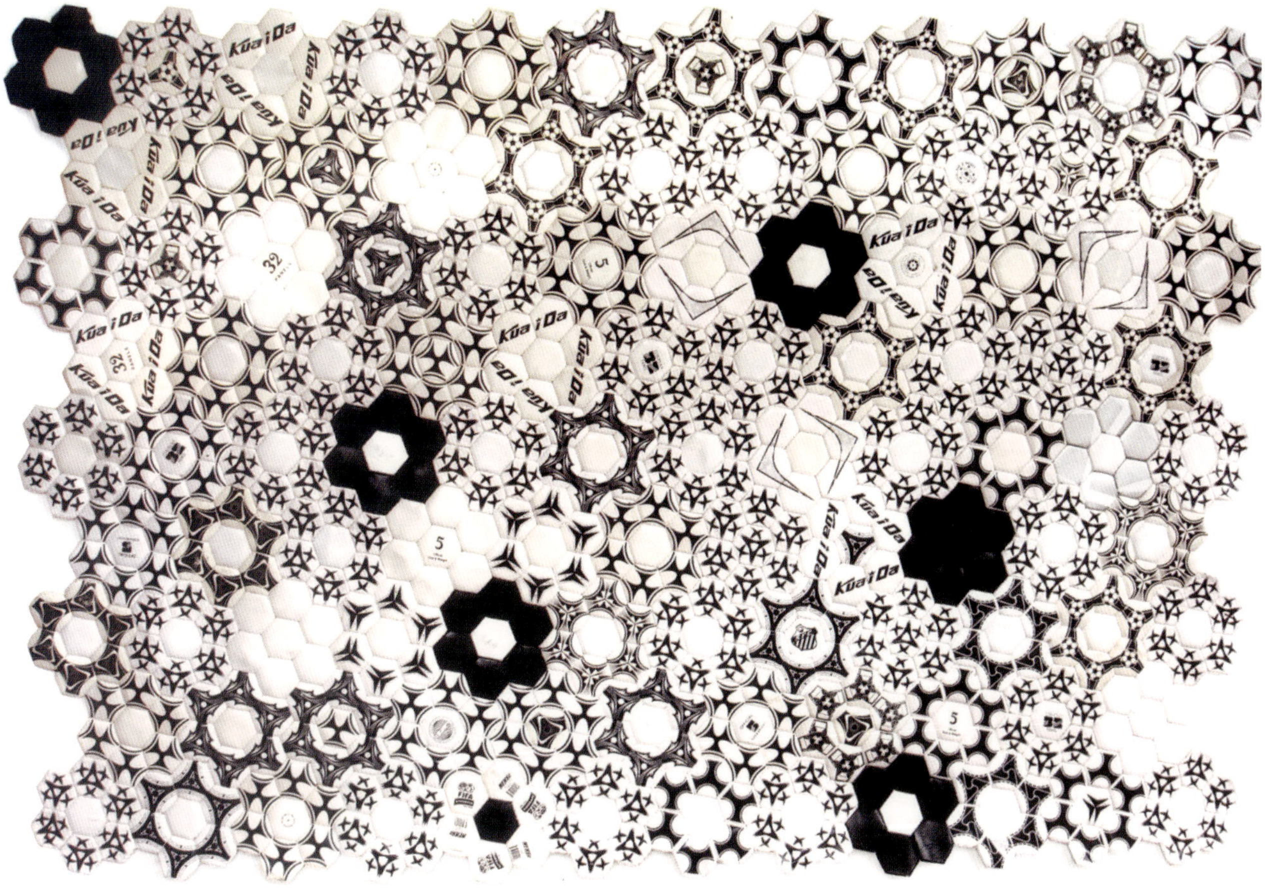

Além de seus mosaicos, Felipe também subtrai da bola sua função, transformando-a em pelúcia, costurando a bola pelo avesso, construindo-a com fósforos, alterando a sigla FIFA para FOFA.

Felipe não dá bola fora!

Os trabalhos do artista saem do campo do esporte e jogam o jogo do olhar da arte sobre a vida que, como a bola, pode ser minha, sua, nossa, de todo mundo.

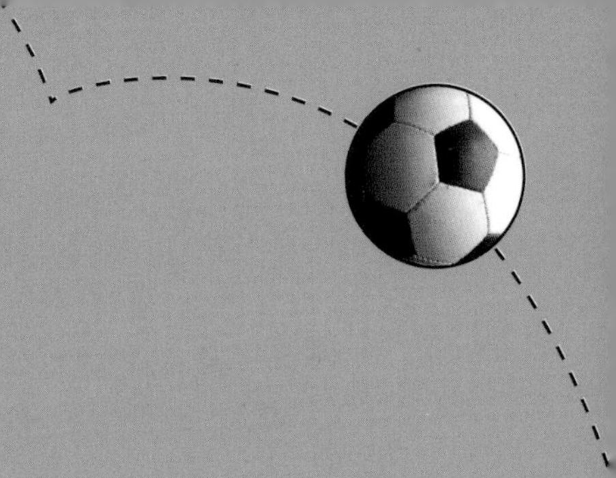

Piiiiiiii! O juiz apitou! Fim do primeiro tempo!

A bola para, o torcedor corre.

A corrida no estádio é da arquibancada para o banheiro. O tempo é curto para comprar o famoso cachorro-quente ou o delicioso picolé. Em casa, todos pulam do sofá, e a pipoca pula na panela.

No intervalo, entram em campo na TV as propagandas mais variadas com a presença dos jogadores. Suas imagens são usadas para vender aparelhos de barbear, planos de telefone celular, remédios, carros etc., pois os ídolos das torcidas oferecem segurança ao comprador.

No futebol, temos uma galeria de celebridades adoradas pelos fãs, como super-heróis da bola: Pelé, Zagallo, Ronaldinho Gaúcho, Ronaldo (o Fenômeno), Marta, Raí, Sócrates, Garrincha, Romário, Zico, Neymar, Leônidas (o Diamante Negro), entre outros.

De diferentes maneiras, em épocas passadas ou atuais, com sua força e determinação, esses jogadores fizeram fama mundial. Alguns deles foram escolhidos o melhor jogador do mundo mais de uma vez! Outros criaram verdadeiros marcos do futebol, como a incrível "bicicleta" de Diamante Negro. São os astros da bola no Brasil e no mundo!

Os grandes ídolos foram retratados por um fã do futebol: **Rubens Gerchman**. O artista carioca era Flamengo de coração, mas suas mãos pintaram os craques e cenas de vários times.

Em um total domínio de bola, ele pintou mais de 120 obras com o tema "futebol".

"Sempre ouvi meu pai dizer que, antes de mais nada, ele era futebol!"

– Clara, filha de Rubens

José Roberto Aguilar também compõe o time de artistas que realizou uma galeria de obras sobre futebol. Em uma série produzida em 1960, ele mostra a Seleção Brasileira sem rosto e associa o futebol à bandeira do Brasil, exibindo a importância social desse jogo em nosso país. Nesses trabalhos, Aguilar usou tinta spray, um recurso inovador na época.

E a galeria de pintores e ídolos não tem fim.

José Antonio da Silva pintou um retrato do Rei do futebol.

Advinha quem é? Difícil, não é!

É Pelé, é Pelé!

E parece que o futebol é mesmo como a arte: um assunto de todo mundo.

Todo mundo joga, todo mundo pinta, fotografa, filma... Todo mundo palpita, todo mundo rabisca, todo mundo quer ser artista, técnico ou jogador.

Um quer ser Neymar, mas não é.

Outro quer ser Leirner ou José, mas também não é.

E como disse José Antonio da Silva:

"Ter qualidade de artista
Não é para qualquer um
Todos os galos tem crista
Quem canta bonito é um."

–José Antonio da Silva

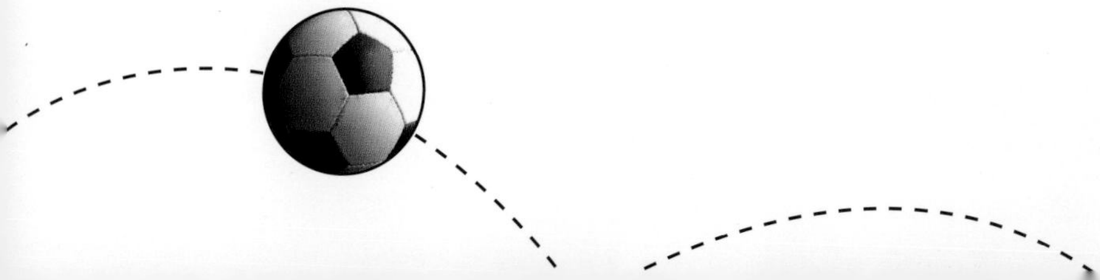

JOSÉ ANTONIO DA SILVA 77
10

Em suas pinturas e poemas, José tem o Brasil no coração. Partida entre Santos e Flamengo, Copa de 1970 ou Pelé, com suas obras ele mostra quem é. Um artista que não teve professor nem de letras, nem de artes e se tornou um grande pintor primitivista brasileiro.

Como pintor e poeta, José Antonio da Silva tem razão.

Nem todos os boleiros têm talento no pé.

Nem todos arteiros serão artistas.

Nem todos os goleiros "fecham" o gol.

No campo verde da grama e na grande área da arte, muita gente arrisca, todo mundo rabisca, mas ser artista, jogador, técnico ou goleiro não é para qualquer um.

Fim do intervalo! Voltem para os seus lugares.

SEGUNDO TEMPO
0 X 0

Entram em campo as artistas mulheres. Esse time é da pesada!

No futebol feminino temos um ídolo na área: a jogadora Marta, que por cinco vezes consecutivas foi eleita a melhor jogadora do mundo. Além de jogadoras, também temos locutoras, comentaristas esportivas e juízas. Mulheres que seguem outras carreiras do esporte.

No futebol e nas artes as mulheres também batem um bolão!

Regina Silveira dribla nossos olhos com a habilidade de confundir nossas certezas, criando em alguns trabalhos sombras enganosas de jogadores.

Os holofotes estão sempre sobre os craques, mas Regina supera seus adversários sem perder a bola. Em algumas gravuras, a artista imprime a sombra dos jogadores, mas eles estão ausentes. Pode existir sombra de objetos ou pessoas ausentes? O que é mais importante: o jogador ou a sua imagem?

"Na gravura, fiz a sombra de um jogador (Ronaldo, o Fenômeno, outra vez...) que está ausente da imagem e se percebe como um tipo de fantasma sobre a grama verde, onde apenas a bola parece ter uma presença real... A sombra até poderia ser trocada, mas a bola está ali, firme..."

– Regina Silveira

E num passe de bola, Maria Bonomi recebe, cabeceia e balança a rede com seu gol.

Seu trabalho parte de um desenho sobre a madeira, a xilogravura, e imprime nessa história a importante presença da gravura na arte brasileira. Para fazer esse gol é preciso ser craque, e Maria Bonomi é uma de nossas grandes artistas gravadoras.

Cada craque tem seu passe. Cada artista utiliza diferentes técnicas e linguagens. Pode ser lápis e papel, pode ser tinta e pincel, pode ser no espaço real ou digital. Esse jogo entre pensar e criar é que faz a partida ser tão surpreendente.

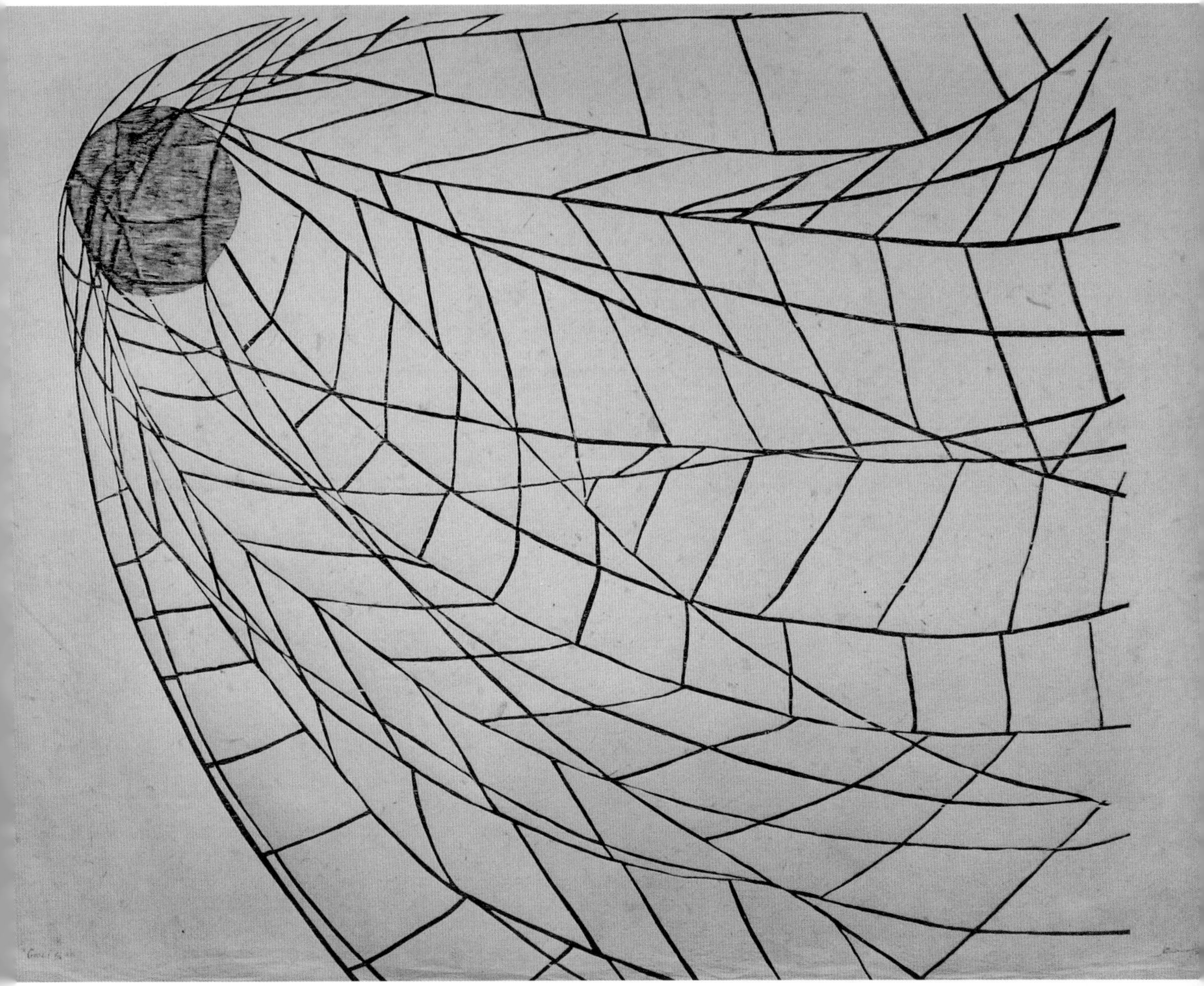

Agora quem está com a bola é a Leda Catunda!

Cobertores, lençóis, tapetes, almofadas, veludo, rendas, plásticos... com esses materiais Leda constrói os seus trabalhos. A artista se apropria de imagens impressas ou de objetos têxteis que encontra no cotidiano e os utiliza na composição de suas pinturas. A costura e a pintura unem esses tecidos – os "materiais pintáveis", como a artista os chama.

Não são poucos os tecidos com símbolos de futebol: camiseta, meia, bandeira, toalha de banho, babador, boné, lençol, uma infinidade de objetos do dia a dia estampam a paixão pelo futebol no Brasil.

Não são poucas também as obras com a presença dos símbolos dos times, cores das bandeiras, marcas dos patrocinadores e números das camisas dos jogadores. Com suas formas e cores, são unidos pela costura e pelas pinceladas de Leda, compondo as inúmeras obras dedicadas ao esporte.

Em 2011, em Salvador, a artista fez uma exposição inteira dedicada ao futebol. Leda é santista, mas todos compõem a equipe dessa técnica de futebol e arte: Grêmio, Bahia, Fluminense ou São Paulo.

O árbitro sinaliza a entrada de outra jogadora: Rochelle Costi.

Para a Copa de 2014, Rochelle criou um espaço miniatura totalmente ocupado pela bola, assim como o grande espaço que ela tem na vida dos brasileiros. O cômodo e a bola são feitos de madeira e foram encontrados pela artista em lojas de artesãos.

Depois de montar esse pequeno ambiente, Rochelle o fotografou, mudando a percepção desse lugar. Tanto o espaço como a bola tomaram uma proporção maior, dando a impressão de serem grandes objetos. A obra de Rochelle faz parte de uma coleção de pôsteres de artistas brasileiros: Nelson Leirner, Nunca, Vik Muniz, Portinari, entre outros.

De quatro em quatro anos, quando a Copa do Mundo acontece, a Fifa seleciona artistas do país-sede e organiza essa coleção de pôsteres. Até a Fifa joga no campo da arte.

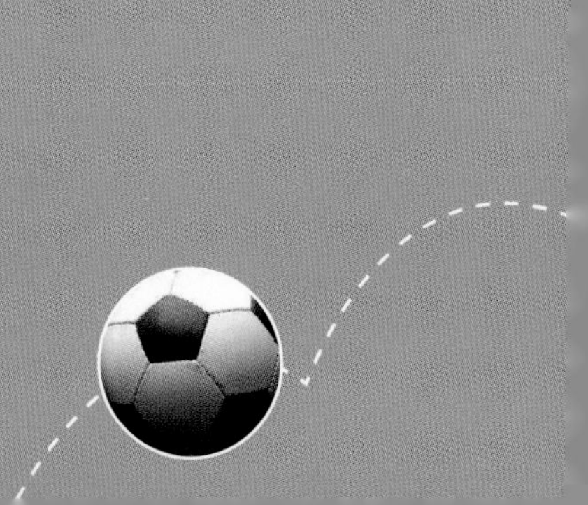

FIFA WORLD CUP Brasil

Official Art Print
ROCHELLE COSTI
Bigger Than 2012

Olé! Olé! Olé!

A arte está tão presente no futebol quanto o torcedor nos estádios.

Os estádios são o território de concentração da paixão de milhares de torcedores, e são seus gritos, as "olas", e o canto dos hinos que dão força aos jogadores e mais vida à partida. Não é só de bons jogadores e artistas que se faz esse espetáculo. Os torcedores têm que encher o estádio de energia.

Os artistas também acompanham esse jogo, e alguns deles concentram seu olhar nos estádios.

Verdadeiros campos de celebração do futebol, muitas vezes estão abandonados e malcuidados, como mostram as fotografias de **Caio Reisewitz**. Suas obras demonstram a necessidade de cuidados e manutenção desses locais.

Olhando de um outro ângulo, **Paulo Climachauska** exibe o Maracanã, no Rio de Janeiro, trocando as linhas pela repetição sequencial de números enfileirados, como torcedores nas arquibancadas.

O futebol é o território da celebração, a arte é o território da experimentação.

A bola rola em qualquer campo, a arte joga em qualquer time.

O futebol está nas peladas, nos estádios, na areia e no jogo de botão.

A arte está nos graffitis das ruas, nos monumentos e em outros tipos de intervenção. Nos museus e galerias, em pequenas ou grandes exposições, com um time de muitos ou apenas de um, em um curto ou longo tempo de duração.

O futebol tem suas regras, a arte rompe com os limites de seu campo de ação.

Não existem irregularidades técnicas, nem cartão amarelo ou vermelho, nem suspensão. A arte é um campo de confrontação, um lugar de encontro, um jogo de experiências.

Um jogo que não termina, no qual não existe vencedor.

O melhor é o empate entre a obra e o espectador.

O juiz apitou.
O livro acabou.

Mas este não é o fim da partida.

É o início de um novo jogo entre você e a arte.

Bola pra frente! Tem muito jogo pela frente.

Afinal, somos CAMPEÕES mundiais!

DORVAL·PELÉ·GARRINCHA·FIO·PINTINHO
Consul
VAVÁ·ZICO·CAFURINGA·MÜLLER·NARIZ
COCADA·RIVELINO·ZÓZIMO·MARADONA
CUBILLAS·BORRACHINHA·BURRUCHAGA·EDU
GERSON·SAMARONE·GULLIT·EUZÉBIO
HELENO DE FREITAS·ROBERTO DINAMITE
BOBBY MOORE·BIRO BIRO·PEDRO ROCHA
BRANCO·ZAGALO·CARECA·MARIO KEMPS
PERIVALDO·ADEMIR DA GUIA·SHULTZ
FIDELIS·ROMARIO
ADEMIR MENEZES
DONIZETE·RAI·NILSON DIAS
FISCHER·FERRETI·ABEL·LUVANOR
VALDIR PERES·ARTHUZINHO·RUGGERI
DIONISIO·JULIO CESAR
TONINHO BAHIANO·PAULO VITOR
PAMPLONA·CABINHO·OSCAR·MAURO
FAUSTO DOS SANTOS·FRANCESCOLI
RESENBRINK·ALADIM·COUTINHO
ALMIR·ARTIME·ALFARO MORENO
MERICA·EDUARDO·BOB CHARLTON
MANICEIRA·PALMIERI·CLODOALDO
WILSON TADEI·MAURO GALVÃO
ZEQUINHA·MOREIRA·JULINHO
LEONARDO·LEIVINHA·CHICO NETO
PAULO VALENTIM·IVAR·EVALDO
HUMBERTO·ALEXANDRE·CARLINHOS·DIRCEU
PAULINHO CRICIUMA·DEL SOLAR

Time de artistas

CAIO REISEWITZ

SÃO PAULO (SP), 1967

Caio formou-se em comunicação visual em 1989, e especializou-se em fotografia na Alemanha. Suas imagens revelam seu interesse pela paisagem urbana e também natural. As fotografias do artista apresentam o espaço público em registros de interiores de edifícios quase sempre sem a presença humana, como na série de fotos dos estádios de futebol realizada em 2006. As paisagens naturais são captadas em dias nublados, e a luminosidade esmaecida acentua as imagens da destruição do meio ambiente.

CANDIDO PORTINARI

BRODOWSKI (SP), 1903 – RIO DE JANEIRO (RJ), 1962

As obras de Portinari mostram a realidade com a qual ele conviveu em sua infância, suas observações da vida dos lavradores e retirantes nas proximidades de Brodowski, cidade do interior de São Paulo, onde nasceu. Considerado o pintor oficial do Brasil, ele produziu imagens que contam a história de nossa terra e de nossa gente. Essa história está retratada em pequenos desenhos e pinturas ou em painéis e murais de proporções gigantescas que podem ser vistos em museus e edifícios no Brasil e no exterior.

FELIPE BARBOSA

RIO DE JANEIRO (RJ), 1978

Bolas de futebol são alguns dos objetos que Felipe utiliza em seus trabalhos, mas as obras do artista vão além do futebol. Outros itens domésticos, tão conhecidos por nós, como palitos de fósforo, prendedores de roupas, copos descartáveis, pregos etc., são transformados em objetos artísticos. Os trabalhos de Felipe tiram os objetos de seu lugar comum, alterando suas funções. Ainda que permaneçam o que são, olhamos para eles de uma nova maneira.

FRANCISCO REBOLO GONSALES

SÃO PAULO (SP), 1902 – SÃO PAULO (SP), 1980

Durante um período de sua vida, Rebolo dividiu o seu tempo entre o futebol e a arte, mas os pincéis e as tintas venceram o jogador que se tornou um grande pintor. Em seu percurso como artista, Rebolo contribuiu com a história da pintura brasileira junto com um grupo de artistas que compunham o Grupo Santa Helena, criado em 1934. Formado por Rebolo, Alfredo Volpi, Aldo Bonadei, Fúlvio Pennachi entre outros, o grupo se reunia no Palacete Santa Helena para pintar, desenhar e discutir os rumos da arte.

JORGE BARRÃO

JORGE VELLOSO BORGES LEÃO TEIXEIRA | RIO DE JANEIRO (RJ), 1959

O trabalho de Barrão parte de um mundo familiar, reaproveitando itens domésticos. Geladeiras, liquidificadores, televisores, toca-discos e outros objetos do cotidiano são peças, partes de um novo objeto criado pelo artista. Além desses aparelhos, o artista reúne em outras de suas obras pedaços de utensílios domésticos como bibelôs, canecas, bules e xícaras que ele compra em feiras e brechós. Essas pequenas porcelanas são quebradas e coladas com Durepox, deixando registrado nesse novo objeto a ação do artista.

JOSÉ ANTONIO DA SILVA

SALES DE OLIVEIRA (SP), 1909 – SÃO PAULO (SP), 1996

Silva vivia no campo, trabalhando em sua roça, e nunca pôde frequentar a escola. Mas entre suas tarefas encontrava tempo para pintar. Desiludido com a realidade ao seu redor, mudou-se para São Paulo e passou a trabalhar como servente em uma biblioteca, mas não abandonou a pintura. Além das partidas de futebol, suas pinceladas cheias de tinta mostram as plantações de café e cana, as casas de pau a pique, as colheitas de algodão e denunciam as queimadas, o desmatamento e a derrubada das árvores.

JOSÉ ROBERTO AGUILAR

SÃO PAULO (SP), 1941

Ao longo de sua trajetória artística, Aguilar desenvolveu trabalhos em diversos suportes e em diferentes linguagens. O artista participou de movimentos performáticos envolvendo música e literatura, criou a Banda Performática e é um dos pioneiros da vídeoarte. Na pintura ele fez experiências com tinta spray e pistola de ar comprimido, produzindo manchas de cor e tintas escorridas em grandes telas. Além de sua produção como artista, Aguilar também atua como curador e diretor de instituições culturais.

LEDA CATUNDA

LEDA CATUNDA SERRA | SÃO PAULO (SP), 1961

Em 1980, Leda Catunda ingressou na Fundação Armando Álvares Penteado (Faap) para cursar artes plásticas e, na mesma década, participou de exposições importantes no cenário artístico brasileiro: "Pintura como meio" (São Paulo, 1983) e "Como vai você, Geração 80?" (Rio de Janeiro, 1984). Essas exposições marcaram o retorno da pintura após um período dedicado à arte conceitual dos anos 1970. Nessas mostras, Leda apresentou o início de uma pesquisa que acompanha toda a sua produção: a utilização de materiais da indústria têxtil, como toalhas, cobertores e diferentes tecidos.

MARIA BONOMI

MARIA ANNA OLGA LUIZA BONOMI | MEINA (ITÁLIA), 1935

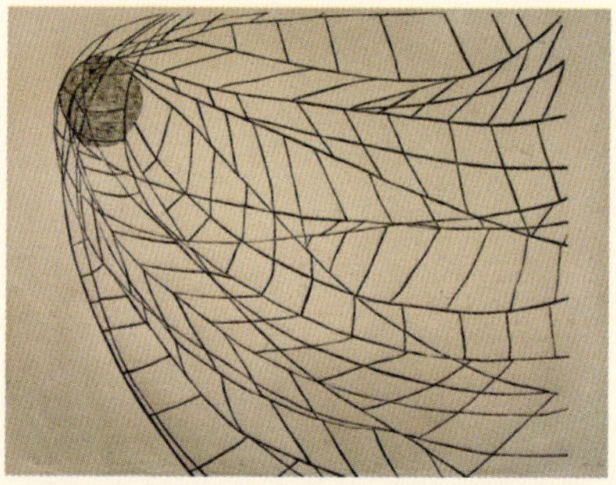

Maria Bonomi iniciou seus estudos de gravura com Lívio Abramo, um importante artista gravador. Muitos de seus trabalhos são xilogravuras. Nessa técnica, a artista grava as imagens em um pedaço de madeira – a matriz. Para isso, usa uma espécie de faca chamada goiva. As linhas do desenho são cavadas na madeira. Depois de pronta, a matriz é coberta de tinta e a imagem é impressa em papéis, podendo ser reproduzida em várias cópias. Com essa técnica, ela imprime imagens de grandes dimensões, sobrepondo matrizes e cores diversas como se fossem grandes peças de carimbo.

NELSON LEIRNER

SÃO PAULO (SP), 1932

Os trabalhos de Nelson Leirner questionam as regras e os valores da arte estabelecidos pela crítica e pelas instituições, como as galerias e os museus. Suas obras rompem com as ideias, suportes e materiais tradicionais da arte. Leirner se apropria de objetos do cotidiano e da cultura popular e os transforma em elementos de suas obras. Encontrados em diversos pontos comerciais, Leirner seleciona os itens de seu interesse e os reúne em suas obras, expondo o jogo entre a produção e a comercialização da arte.

PAULO CLIMACHAUSKA

SÃO PAULO (SP), 1962

Os desenhos de Paulo não são formados por linhas contínuas, mas linhas que lembram os exercícios ou brincadeiras de liga pontos. Formadas por números, em uma operação matemática de subtração, essas linhas delineiam espaços arquitetônicos em telas de grandes dimensões. Os números enfileirados traçam o desenho arquitetônico de vários prédios, entre eles o Palácio da Alvorada, em Brasília, feito por Oscar Niemeyer. Além de registrar os espaços existentes, o artista também utiliza os algarismos para desenhar espaços imaginários.

RAUL MOURÃO

RIO DE JANEIRO (RJ), 1967

A produção de Raul transita por várias linguagens, como desenhos, gravuras, esculturas, cinema, fotografia, vídeos e instalações. Durante o período de sua graduação em arquitetura, ele frequentou a Escola de Artes Visuais do Parque Lage, no Rio de Janeiro, convivendo com vários artistas e expondo seus trabalhos em pequenas mostras. Ao longo dos anos, Raul desenvolveu uma pesquisa sobre as grades e outros elementos geométricos que delimitam os espaços da cidade e também do futebol. Atualmente vive entre Nova York e Rio de Janeiro.

REGINA SILVEIRA

REGINA SCALZILLI SILVEIRA | PORTO ALEGRE (RS), 1939

A trajetória artística de Regina iniciou-se em Porto Alegre e, depois de viver em diferentes cidades em busca de experiências profissionais, mudou-se para São Paulo em 1973. Regina Silveira é uma renomada artista contemporânea conhecida internacionalmente por suas obras, que abrangem litogravura, livros de artista, videoarte, xilogravura, tapeçarias, cerâmicas, colagens, instalações, sombras impressas em objetos do cotidiano, recortes em placas de poliuretano e distorções de imagens.

ROCHELLE COSTI

CAXIAS DO SUL (RS), 1961

Rochelle Costi formou-se em comunicação social na Pontifícia Universidade Católica de São Paulo (PUC), mas sua formação artística se iniciou em 1982, ao frequentar os ateliês da Escola Guignard e um curso de processos fotográficos na Universidade Federal de Minas Gerais (UFMG). De volta a Porto Alegre, atuou como fotógrafa de teatro e música e desenvolveu sua arte fazendo instalações com fotografias e objetos que coleciona. Em alguns trabalhos a artista compôs imagens com objetos comuns, transformando-as em novas imagens fotográficas.

RUBENS GERCHMAN

RIO DE JANEIRO (RJ), 1942 – SÃO PAULO (SP), 2008

Rubens Gerchman tem uma vasta produção retratando temas da vida popular, entre elas uma série de obras dedicadas ao futebol com a intenção de criticar a alienação causada por esse esporte durante o período da ditadura militar. Em 1967, foi premiado com uma viagem ao exterior no 16º Salão Nacional de Arte Moderna e foi para os Estados Unidos, de onde ajudou a organizar o boicote à Bienal Internacional de São Paulo, nomeada de Bienal da Ditadura. Em 1973, retornou definitivamente ao Brasil, consolidando sua carreira artística no país.

Créditos das obras

NELSON LEIRNER (Capa)
Futebol, 2003
Tapete e bolas de borracha; 115,5 X 154 cm
© Alberto Greiber Rocha/Acervo Silvia Cintra

REGINA SILVEIRA (p. 7)
Inflexões, 1987
Acrílica sobre recorte de aglomerado de madeira; 130 X 275 cm
© Coleção Museu de Arte Contemporânea da Universidade de São Paulo

FRANCISCO REBOLO (p. 12)
Futebol, 1936
Óleo sobre tela; 86 X 36 cm
© Rômulo Fialdini/Instituto Rebolo

FRANCISCO REBOLO (p. 12)
Sem título, 1926
© Instituto Rebolo

CANDIDO PORTINARI (p. 14-15)
Futebol, 1944
Óleo sobre tela; 97 X 130 cm
© Acervo Projeto Portinari

NELSON LEIRNER (p. 17)
Esporte é cultura, 1975
Instalação com 22 camisas de feltro, tapete de feltro e três bandeiras; 245 X 1.280 X 207 cm
© Alberto Greiber Rocha/Coleçao do artista

NELSON LEIRNER (p. 18)
Performance com bandeira do Corinthians, 1975
Bandeira no estádio de futebol levantada por balões
© Henrique de Macedo Netto

NELSON LEIRNER (p. 20)
Timão, 1967
Serigrafia sobre tecido; 140 X 155 cm
© Nelson Leirner

RAUL MOURÃO (p. 21)
A grande área, 2001
Ferro pintado; 2.040 X 4.190 X 260 cm
© Marcos Aurélio Oppido

FELIPE BARBOSA (p. 23)
Patchwork preto e branco, 2005
Bolas de futebol recosturadas; 155 X 205 cm
© Studio Barbosa & Ricalde/Coleção particular

FELIPE BARBOSA (p. 24)
Parceria com Rosana Ricalde
Seleção Chinesa, 2004
Bola costurada ao avesso com gomos assinados pelos operários chineses que fizeram bolas de futebol; 22 X 22 X 22 cm
© Studio Barbosa & Ricalde/Coleção particular

FELIPE BARBOSA (p. 24)
FOFA approved, 2007
Readymade; 22 X 22 X 22 cm
© Studio Barbosa & Ricalde/Acervo do artista

RUBENS GERCHMAN (p. 26)
Leonardo, 1997/1998
Acrílica sobre tela; 150 X 150 cm
© Inarts

RUBENS GERCHMAN (p. 26)
Raí, 1998
Acrílica sobre tela; 140 X 120 cm
© Inarts

RUBENS GERCHMAN (p. 27)
O futebol, Flamengo campeão, 1965
Acrílica sobre eucatex; 244 X 122 cm
© Inarts

JOSÉ ROBERTO AGUILAR (p. 28)
Série do futebol (2), 1966
Spray com esmalte sintético sobre tela;
114 X 146 cm
© Coleção Museu de Arte Contemporânea da Universidade de São Paulo

JOSÉ ROBERTO AGUILAR (p. 29)
Série do futebol (1), 1966
Spray com esmalte sintético sobre tela;
114 X 146,5 cm
© Coleção Museu de Arte Contemporânea da Universidade de São Paulo

JOSÉ ROBERTO AGUILAR (p. 29)
Série do futebol (3), 1966
Spray com esmalte sintético sobre tela;
112 X 146 cm
© Coleção Museu de Arte Contemporânea da Universidade de São Paulo

JOSÉ ANTONIO DA SILVA (p. 31)
Retrato de Pelé, 1977
Óleo sobre tela; 50 X 70 cm
© Rômulo Fialdini/Coleção particular

JOSÉ ANTONIO DA SILVA (p. 32-33)
Jogo do Flamengo e Santos, 1983
Óleo sobre tela; 60 X 100 cm
© Rômulo Fialdini/Coleção particular

REGINA SILVEIRA (p. 35)
Jogador. Série: *Dilatáveis*. 1981/2008
Ilustração digital
© Regina Silveira

REGINA SILVEIRA (p. 36)
Bola no pé, 2006
Serigrafia; 70 X 100 cm
© Regina Silveira

REGINA SILVEIRA (p. 37)
Time. Série: *Dilatáveis*. 1981/2008
Ilustração digital
© Regina Silveira

MARIA BONOMI (p. 39)
Gool!!!, 2006
Xilogravura; 150 X 200 cm
© Atelier Maria Bonomi Ltda.

LEDA CATUNDA (p. 41)
Grêmio, 2011
Acrílica sobre tecido; 40 X 35 cm
© Everton Ballardin/Coleção particular

LEDA CATUNDA (p. 42)
SPFC IV, 2011
Acrílica sobre tecido; 81 X 104 cm
© Eduardo Ortega/Coleção particular

LEDA CATUNDA (p. 43)
Santos, 2012
Acrílica sobre tecido, tela, plástico e veludo;
340 X 400 cm
© Eduardo Ortega/Acervo da artista

ROCHELLE COSTI (p. 45)
Bigger than, 2012
© Rochelle Costi/Brands United. *Bigger than* foi especialmente desenvolvido para o Official Art Print Edition 2014 FIFA World Cup Brazil TM

CAIO REISEWITZ (p. 47)
Canindé, 2006
Fotografia; 100 X 80 cm
© Caio Reisewitz/Goethe-Institut Rio de Janeiro

PAULO CLIMACHAUSKA (p. 48)
Maracanã, 2006
Nanquim e acrílica sobre tela; 200 X 250 cm
© Paulo Climachauska

JORGE BARRÃO (p. 51)
Troféu, 1989
Tinta automotiva sobre geladeira, vitrola, bola e troféu; 212 X 63 X 68 cm
© Vicente de Mello/Coleção Gilberto Chateaubriand MAM RJ

A autora

RENATA SANT'ANNA nasceu em Santos e sempre torceu para o Peixe. Em 1981, mudou-se para São Paulo para cursar a Faculdade de Artes Plásticas na Fundação Armando Álvares Penteado (Faap). Adotou a metrópole como cidade natal e mudou de time, passando do Peixe para o Tricolor.

Desde a época de sua graduação, trabalhou em diversos museus e instituições culturais, em projetos de formação de professores de arte e de educação do público infantil e juvenil. Fez estágio no Atelier des Enfants, no Centre Georges Pompidou (1991) e no Departamento Cultural do Musée d'Orsay (1996), ambos em Paris. Em 1998, trabalhou no Departamento de Educação da National Gallery of Art, em Washington D.C., nos Estados Unidos.

Em 1997, publicou o livro *De dois em dois – Um passeio pelas Bienais*, contemplado com o prêmio Malba Tahan como Melhor Livro Informativo pela Fundação Nacional do Livro Infantil e Juvenil (FNLIJ). A partir dessa experiência, especializou-se em escrever sobre arte contemporânea para crianças, publicando livros sobre artistas brasileiros na coleção "Arte à primeira vista".

É mestre em artes pela Escola de Comunicações e Artes da Universidade de São Paulo (USP) e trabalha na Divisão Técnico-Científica do Museu de Arte Contemporânea da USP. Pela Panda Books publicou *Para comer com os olhos*, *Saber e ensinar arte contemporânea* e *Ora arte, ora parte*.